KB009626

무당거미

옛 진도

Diadem spider

이종호

북산

| 시인의 말 |

우리가 살아가는 동안 자기만의 흔적을 남기는 일은 꼭 해야 되고 소중하다고 생각합니다. 저의 경우는 2014. 2월 첫시집 『여루사탕』을 선보인 이후 2016년 1월 『진도추천』, 2월은 『알껍다구』 등 세 권의 시집을 출간하면서 많은 보람과 행복을 느꼈습니다. 어쩌면 2010년 불혹不惑을 넘기고 까만 청춘이 하얀 서리로 빠르게 내려앉아서 서둘렀는지도 모르겠습니다.

아울러 진도군 공직자로 재직하면서 사랑하는 고향 진도를 널리 알릴 수 있는 기회가 생겨 더없이 뿌듯했습니다. 그 짜릿했던 행복감에 한 번 더 푹 빠지고 싶어 제4집 『무당거미』를 발간하게 되었습니다.

오늘에서야 저만의 특별한 사계四季, 〈봄－여루사탕〉, 〈여름－알껍다구〉, 〈가을－진도추천〉, 〈겨울－무당거미〉로 마무리해 아주 기쁩니다. 이번 시집은 무당거미를 비롯해 농부사시가, 꿈이로다, 도살사랑, 참회기도, 녹슨 냉장고 등 총 6부로 구성해 보았습니다. 시에 대한 전문지식을 따로 공부한 적은 없지만, 시詩는 일상에 대한 자신만의 애틋한 느낌과 함께 우리 사회에 어떤 공감대를 불러일으킬 수 있다면 충분히 생명력 있는 시라고 자부합니다.

끝으로 시집 『무당거미』가 예쁘게 태어나도록 그 동안 묵

묵히 애써 주신 모든 분들께 진심으로 감사 말씀 올립니다.

특히 진도를 세심하게 사랑하도록 격려해 주신 ㈜코캄 홍지준 회장님, 시에 경쾌한 음音을 입혀 주신 서지산 작곡가님, 시의 순도를 높여 주신 이효복 시인님, 번역에 정성을 쏟아 주신 Jennifer chung 교수님께 이 자리를 빌어 다시 한번 감사 인사 올립니다.

여러분! 모두 사랑합니다. 늘 건강하고 행복 충만하시길….

2016년 11월 9일
노란 은행잎이 날리는 초겨울에
이종호 올림

2부 농부사시가

3부 꿈이로다

4부 도살사랑

5부 참회기도

6부 녹슨 냉장고

1부
무당거미

애벌레의 꿈

참말로 용하기도 해라
징하게 이정스러워야

여지껏 나를
새장 안에
가둬 놓은 말

애벌레는
모싯잎을 각단없이
잘도 갉아 먹는다

한 잎 두 잎 세 잎
생김새 각각 다르다

세상 어떤 조각가도
감히 흉내낼 수 없다

이제 새장 밖으로

도토리나무의 그늘

풀베기꾼은
"어화 세상 벗님네들
이내 한말 들어보소"
흥얼거리면서……
훌쩍 자란 잡풀을 회전날로
마구 젖혀댄다

키 큰 나무는
중복 뙤약볕에
땀을 뻘뻘 흘리면서
아가 도토리에게 젖을 물리고
열 평 넘는 그늘도 만든다

방금 자빠진 풀은 풀이 죽어
마지막 숨을 꼴깍 쉬고
내내 맥 못 추던 잔디는
이제야 살았구나 춤춘다

내 옆의 그림자는
손바닥만하니 무자게 여럽다

물 옥살이

산 계곡 물줄기 따라
열사나흘 지나서
난 겨우 읍내 방죽골 저수지에 도착했다

허간 제방의 키는 훌쩍 커져 있고
자연유수턱 옆 까끔은 노란 굴삭기 쇠뭉치에
얼마나 꽝꽝 얻어맞었는지 물팍 피멍 들고
고쟁이 속치마 찢기어 나풀거린다

일감 떨어져 한숨만 허~ 뱉는 수감水監은
진즉부터 녹슨 철문을 쫘악 벌여 놓고
들어오는 쪽쪽 얼른 나가라 헛소리 내지른다

후다닥 닥닥 숨가쁘게 내달린다
아니, 죽을 힘을 다해 이를 악물어본다

작년까지 반갑게 맞이해 준
착한 논밭은 인자 아파트, 빌딩, 커피숍 등
제법 값 좀 나가는 비단옷을 걸쳐 입고

현관문을 쿵쿵쌀쌀 닫아버린다

눈은 녹고 비는 또 와 그저 좋다마는
물속 물, 물 옥살이, 어느 세월 끝날 건가

간척지

뻘놈들아!
제발 바다 막지 마란께
한 치 앞도 못 보믄 쓰것냐

속창 빠진 갯벌은
금쌀 논 된단께는
소금기를 보지란히*
탈탈 털어낸다

지름길 이차선 방조제는
새벽 쌩쌩 소리에 뻴쭘하게
눈을 또다시 찡그린다

이십 년 전
금싸라기 쌀논은
수입쌀 밀려오니 똥값이다

보지란히 | '부지런히'의 진도 사투리

내 탓이오

어제, 오늘
구름은 늘씬한 분수처럼 쏟는다

한여름 뙤약볕 더위 못 참아
찡그린 산은 아이스크림 먹는다

한 입 두 입 얌얌쪽쪽
돌려 빨며 요란스럽다

골짜기 깊은 곳에서는
혼자 먹응께 맛있지냐 메아리친다

더위 먹은 바람은 샘났는지
안면몰수 대뜸 잡아채
후우 쑥 마셔버린다

뒤통수 한 대 꽝
얻어맞은 산은 입맛 쩍쩍 다시며
"내 탓이오" 웃는다

겸손

비 내리는 오늘 아침
성죽골
앞산 뒷산 먼먼 산에
흰떼구름 살금살금

첨찰산
여귀산
지력산
동석산
모두 다 납작한 까끔되네

째깐* 지나
먹구름 섬큼섬큼

째깐 | '조금'의 진도 사투리

굵직한 빗방울 우수수 때리니
잘난 흰구름들 냅다 내삐네*

쿵쿵 천둥소리에 놀랜 파랑새
오십소백소 허허 하하 웃는다

내삐다 | '도망치다'의 전라도 사투리

거북등에 흰 눈물 웅크리다

수만 년 하루 두 번 소포만 안치 해안
소포만 안치 해안가 숨은 바위를
천일염으로 절이고 헹군다

오늘도 갯바위는 숨죽이다 긴 숨 내쉰다

수만 번 입술 부르트고 낮부닥도
이골 저골 사방에 늙디 늙은 골이나
극심한 한해 때,
물 쪽 빠진 방죽 바닥
목 보타 꼴깍 죽어
살갗 터져버린 거북 등허리 같다

아직 하늘로 못 오른 바닷물은 돌고돌아
이 골난 바윗골 골골마다 흰 눈물 웅크린다

어느새 긴 황금칼은 살풀이 하얀 천을
저 먼 동거차도 앞 병풍도까지 줄줄 풀어헤친다

세 덩치로 이어진 닭섬을 싹뚝 자르니
검붉은 선지핏물 뚝뚝뚝 골로 밀려온다

갯벌 울음소리 지쳐가고
섬은 어둑어둑 사라진다

필연

어제, 안면도 가다가
장맛비 폭우에 홍성으로 발길을 돌렸다

안면도 없는 놈(?)한테
단번에 허락될 리 없는 안면도행인가
허허참참 비도 그치고 날도 밝아 서두르는 길에
만해 생가 이정표가 어서오라 반긴다

홍주목 결성면 만해로 내빗길 따라 발길 재촉하니
무궁화 가로수길 머쓱머쓱 웃는다
혈서로 독립군 결성한 곳이었나
김좌진 장군 생가도 보이고
어제 비바람에 군데군데 파삭 주저앉은 나라꽃은
마지막 청춘 불사른 투사들의 넋이어라

초가삼간 만해 생가 찾아오니
"왜 이제야 왔냐"며
한용운 선생은 반갑다 손을 덥석 잡는다

진도사람 아흥 자네는
안면도 애견펜션 보러왔다가
날 만나니 인복은 타고났네 그려
하하하
웅변은 은이고 침묵은 금이니 명심하게나

무당거미

평생 검정 바탕에 노랑 줄무늬
원피스만 입는 무당처녀 요염하다

둥그런 은방석 뜨개질 해놓고
기다란 까만 다리 슬쩍 내비친다

어떤 물찬제비는 제 집인 양 떡하니
앉아 놀다 영영 자리를 못 뜬다

방석은 방석일 뿐 별반 다를 바 없어라
내 편히 눌러앉던 금방석 어찌 할까

Diadem spider

In one lifetime, yellow stripes on black
Only wearing a dress, the diadem girl is enchanting

A round, silver, knitted cushion pillow mat sits rests
Long, black legs are secretly shed

A figure thinks of it as their home,
They sit and play, but cannot leave move on

A cushion is only a cushion, not particularly any different
My comfortable seat, the gold cushion, what should I do?

씨는 건들지 말아요

우리는 아주 작은 씨앗으로 태어납니다

풀은
마디마디 흰 털뿌리 나는 족족
땅에 묻고 천방지축 뛰어다닌다
딱히 된바람 맞을 일 없어 새싹처럼 웃는 아이 얼굴 같다

나무는
두 팔 쭉쭉 뻗고 가지 속 비워가며 높이 날아오른다
시시때때로 찬바람 맞아 잔뼈 굵어진 어른처럼 늙어 보인다

안녕, 초목아!
가만히 불렀는데도 풀나무는 무슨 고민있는지 움칫 놀랜다

네, 골머리 아파 죽겠어요
종자랑 농약 돈벌이에 눈 먼 사람들이
우리 친구들의 씨를 손봤는지

난폭한 애들이 마구 생겨 서로 잘났다고 싸우고 난리친
다니까요

아마 땅도 피멍 들고 썩어가나 모르겠어요

제발 씨를 좀 건들지 마세요
울먹인다

연례 행사

나이 드니
해마다
소중한 지인
한 분 한 분 떠나
연락번호 삭제…
슬픈 연례행사군

언젠가
나 또한
어떤 이의 저장 공간에서
한 줄 바로 지워지겠지

누군가
추억하는
아홍我蠢
꿈꾸며…

막 불 끄니
겨울 비바람
더 세차게
울어대네

다 가는 곳

1979년, 우리 동네 최초
백설탕의 등장은 대단했다
달콤한 눈이었다

너무 달디다서 모처럼 따뜻한 쌀밥에다
비벼 먹으며 환호성까지 내질렀다
나만의 백설 비빔밥의 추억이랄까

마을회관 앞 마당 정자에
백설을 이고 빙 둘레 모여 앉아있는
아짐들을 보면 마음이 착잡하다

삼십오 년 전,
장딴지에 달라붙은 거머리 떼어내며
손모 몇 날 며칠 심기던
팔팔한 까만 청춘들은 어디 갔을까?

이제는" 흰 요양병원 안 가고 저승사자
어서 잡아가거라" 하며 채비한다

올해는 삼복더위 다 가기도 전에
왠일인지 41년생 갑장 세 분이 연달아 구름되었다

혼자 남은 마지막 뱀띠 아짐은
"이제 내 차례인가, 늙으면 다 가는 곳이지" 한다

고독

폐전깃줄은
시골집 마당을 휑하니 가른다

홀로 계신
어머니의 빨랫감이 드문드문

집게 녀석들은 물어야 제맛인데
맑은 하늘만 쳐다보고 빈둥빈둥 논다

여러 해 동안 세찬 바람 이겨내려고
이 악물고 버텼는지
온통 누리끼리하다

일감 많을 때 함께 했던 친구는
안 보인다
잘빠진 바지랑대마저
객지로 떠났을까?

하현달 뜨다

산골짜기에 사는 사람은
달은 수풀 헤치며 떠오른다지요

바닷가에 사는 사람은
달은 물기 털며 떠오른다지요

하현달
바라보며
백색 교차로 실선에
서 있는 청개구리 한 마리

진도지라

효도 여행지? 어디가 젤로 당가?
앗따! 시방! 참말로 모르시오?
진도민속 굿판 신명나는 진도지라
진도낙조 끝판 미쳐부는 진도지라

2부
농부사시가

가종

요즘 논두렁 어덩 밑에
모는 꼭 안 심겨도 된다

품삯 지하믄*
걍 냅두는게* 더 낫다

올해도 여지없이
어덩 목덜미는 갑갑하다

가실에
콤바인 혼자 못 씹는 나락은
싯돌 잘 문딘* 낫으로 베어 내
손수 먹여줘야 하는데
정말 헛고생이다

지하믄 | '제하면' 의 진도 사투리
냅두는게 | '내버려두는게' 의 전라도 사투리
문딘 | '문지른' 의 진도 사투리

인자 심기지 마세요
그런 말 하지 마라
흙을 놀리면 벌 받은께 그라제

며칠째 기역자 자세로
무논에 발 심고 빼니
벌 받지 않은가 보다

농부사시가

곡식이 실해
장사꾼들이 '팔란가?' 함시로
성가시게 찾아 들어오면
한해 농사 큰 걱정거리 없이
잘된 심이다

〈여명〉
새벽잠 깬 구름은 아직 쌀쌀한 바람에 추웠는지
햇님 좇아 새색시처럼 얼굴 붉힌다

〈봄〉
겨우내 차두 주둥이 옴싹 묶였다 끈타불 풀린
씬나락은 빨간 고무 물통에 몸 푹 담그니
벌써부터 움나 싹틀려고 웅성거린다
금슬 좋은 제비부부는 처마 밑으로
헌 볏짚 낀 무른 흙 물어날러
예쁜 신방을 짹짹 꾸미고 있다
이종 늦었는가 보리대 까맣게 태우고
트랙터로 쟁기질한 논은 방죽물 허빡 마시고

쎄레질 반반하게 여러 번 해주니까
보리쌀 미숫가루 한 양판 퍼서 샘물 붓고
젓어 놓은 양 먹음직스럽다

〈여름〉
한 발 두 발 기어가는 이앙기는 까만 직사각틀 초록 모판 줄줄 삼키며
미끈한 논바닥을 여덟 고랑씩 양껏 잡고
애기 모를 푸푸 뱉어 척척 줄 맞춰 심겨 대니
서있는 앳띤 모습이 중학교 입학식 운동장 풍경 같다
지금은 전교생 고작 칠십 명 남짓한 작은 촌 학교지만
한때 천 오백여 명 학생들이 푸른색 교복 입고
앞으로 나란히, 일동~ 차렷!한 부동자세다
아침 저녁 어김없이 두 번 세수하는
금싸라기 갯벌에서
꼬막, 낙지, 해우 벌이하던 총각들한테
푼돈 보상금 몇 푼 안겨주고
육지로 마구 내몰아버린
긴긴 뻘뚝이 마파람에 더 야속하다

〈가을〉
부챗살 가운데 옴팍 갈라진 은행나무는
고약한 향기 풍기며

치렁한 연노랑색 원피스 갈아입고
잘빠진 다리 내비치니
고야리 들녘도 그저 들떠
덩달아 황금빛 물결 출렁거린다
벌써 콤바인은 이앙기 지나갔던 길을 따라서
누런 나락을 줄줄 훑어 먹고 배 터지게 부르면
논가에 서있는 트럭 맞춤 곳간으로
달려가 주욱 토해낸다
토실토실한 나락들은 방앗간으로 살갗 깎으러 가니
논두렁에 혼자 덩그러니 남은 억새풀은
귀뚜라미 소리에
더 울적한지 흰 머리털 풀풀 날린다

〈겨울〉
허기진 철새들은 논바닥에 띄엄띄엄 누워있는
덜 훑어 떨어진 이삭을 아쉬운대로
주워 먹으러 날아든다
감나무 이파리도 거의 다 떨어진 꼭대기엔
따다만 홍시는 늙디 늙어 까맣게 쭈그러진다
북풍 찬바람 세차게 밀려오니
피래진 논은 볏짚을 끌어댕겨 덮어도
덜덜 떨다 지쳐가는데
포근한 눈들이 흰 이불 밤새 덮어줘 곤히 잠든다

끝 모를 흰 세상도 아침 한나절 햇볕 슬그머니 비추니
논밭두렁은 무거운 솜이불 걷어차고
진도대파도 가랑지에 묻은 눈을 탈탈 털어내며
개운하게 파란 어깨 쭉지를 쭈욱 편다

〈낙조〉
아직 낯이 얼얼한 해는 잠이 밀려오는지
서쪽 끝도 못 가서
벌써 섬과 섬사이로 풍덩 빠져 잘도 잔다

널뛰기하는 대파값도 통통하게 잘 받아야
자식들 하나라도 제대로 가르칠 텐데
'살란가?' 할까봐 시름 깊어간다

농자천하지대본農者天下之大本이렷다
모든 근심, 걱정 물러가라 이랴~~

어부와 바다 그리고 시

이십여 년 전 가끔 회식할 때
전두마을 바닷가 하와이횟집 갔었다.
몇 년 후쯤 문을 닫아 오랫동안 발길 뚜욱 끊었다.

며칠 전 개업 소식을 듣고
중년 나이에 옛추억 떠올라 다시 찾았다

도시스런 형광 간판은 사라졌고
왠지 촌스러운 판자에 쓰여진
'어부와 바다 그리고 시' 가 내 맘에 쏙 든다

우럭, 농어 잡는 어부가 자연에 흠뻑 젖어
시를 분명 짓겠구나
이집 횟감은 안 씹어봐도 정말 고소하겠다

장맛비 멈춘 사이
저 멀리 옹기종기 모여 사는 섬들
차분히 저녁 맞이하니 해무와 구름 얼싸 춤춘다

오늘 해
땀을 뻘뻘 미간 찌푸려도
온 바다 뿌해 갈팡질팡 풍덩 빠지는 것 접는다

저도 분교 섬마을 선생님 파란 칠판 끝에서 끝까지
분홍색 분필로 질게 줄 그으니 빨간 낙조선 보인다

젊은 시절 그때도 예쁜 낙조 자주 보였을 텐데
내 나이 너무 어려서 무심코 지나쳤나 보다

책임완수

소가 벌집을 밟았나보다
말벌 우르르 내게 달라든다
얼른 내삐도* 못하고 눈두덩이 부어오른다
소 내팽개치고 울며불며 집으로 달렸다

할마니는 "어째 그라냐, 내 갱아지"하며
뒤안으로 데꼬가* 넓적한 장뚜껑 여신다
몇 해 전 골박* 터지고 볼랐던* 그 메주 된장이다

벌 쏘여서 이제부터는 놀아야지 했는데
외양간 두엄 퍼내시던 아부지는
"시방 소 안 보러 가고 뭣하냐"하신다

눈이 안 떠진다
아부지가 그립다

내삐도 | '도망치도'의 진도 사투리
데꼬 | '데리고'의 진도 사투리
골박 | '머리'의 전라도 사투리
볼랐던 | '발랐던'의 진도 사투리

꿈에 쓴 시

정말 오랜만에
술술 내려쓴 시 한 편 뿌듯하다

아침 햇살 따가워 불쑥 눈 뜨니
졸린 형광등은 한참 째려본다

새벽 다섯 시쯤 됐을까
핸드폰 열어보니 겨우 한 시 반이다

두근두근 메모장 눌러보니
방금 저장한 시는 온데간데 없어라

으~ 아쉬워 잠을 다시 청해
더듬 더더듬 꿈을 찾아 헤매도
강냉이 구워먹는 모습만 어른어른

내일 마른풀 싸들고
성냥 챙겨 강냉이 밭에나 가야지

가오리연

마파람 부는가 거실 대못에 멀거니
서있는 달력 다섯 장이 칠렁칠렁
새벽 잠을 깨운다

예전엔 헌 달력을 안 버리고 모태 놔뒀다가
연도 날리고 새책 가오*로 입혔다

빳빳한 달력 한 장으로 잘라낸
정사각형 몸통에는 아랫목 차짐하던 밥풀로
활죽대 속살에 덧칠해 붙이고
숨구멍 툭 뚫어 실 꿰묶어 수평 잘 잡아보고
허리춤에 연 꼬리 질게 달아준다

갓난 가오리는 새파으로 얼른 나가자고 비벼댄다
갯벌에서 제법 노는 장어처럼 꿈틀거리다가
허간 실타래 줄줄 푸니 꼬리치며 훅 날아오른다

귓볼 빨개진 꼬마 녀석은 얼얼한 손 호오 불어가며
한나절 연 날리다가 이제 연 따라 끌려다닌다

꼭 갖고 갈 연실을 못 댕겨 한참 울어버린다

마악 풀린 연은 실을 못 챙겨
할머니에게 혼날 친구를 뒤로한 채
산 너머 산으로 도망친다

하루, 이틀, 사흘, 서른 날 달력으로 엮어진
일년을 그저 한없이 풀어만 주면
후회로 날아가 버리겠다

가오 | '갑옷'의 진도 사투리

예수 샘물

열사흘째 괭이질
드디어 물, 살살살 모인다

비지땀 닦으며
다들 좋아 미친다

아장아장 성민이는
햇빛 반짝이는 물에
금새 사라진다

고야교회 젊은 전도사는
독담물에 열십자가 찌르니
아기 예수 슬피운다

보름달 생긴대로
돌담 차곡차곡 억누르니
일곱 발도 넘는 샘인데
울음으로 다 차오른다

모두 눈물 머금고
함께 눈물 삼킨다

1980년 성탄절 아침
그 교회는 고야성민교회로
다시 땡땡거린다

칡 넝쿨

칭칭 감아 오른다

물오른 나무 녀석들은
여름내 목이 타 울어버린다

졸라맨 손목, 허리끈을
다 풀어줘도 말이 없다

집착에 몸만 담근
갈망은
뜬구름 허망일 뿐

바람처럼

지난 4년간
진도낙조 잡으러 다니다가
좋은 사진 찍기도 하고
그냥 발길 돌리기도 하였는데

어느 날 문득
구름놀음이라는 것을 알고
구름에 지금껏 빠졌는데
결국 구름도
바람놀음이더라

우리네 인생도
바람 스치듯
구름 구르듯 한다

가시는 길

옛날집 담장에 꽂아놓던
속살 비친 노랑봉투는 이제 안 보인다

요즘 봉투 대신
핸드폰 밴드방에 부음소식 자주 오른다

어젯밤 시골 친구의 어머니
인천 계산역 4번 출구
어느 장례식장 301호 별나라 티켓팅한다

어릴 적 우덜은 동네 엄매들을
거의 다 아짐이라 불렀다

논에서 물꼬 손도 보시고
밭에서 배토질하시던
구릿빛 새까만 얼굴 떠오른다

목포역 떠난 열차, 씩씩 달리니
송정리역 논밭들과 동네 아파트
확확확 사라지네

7월 장마통 눌러앉은 잿빛 구름
저 멀리 무등산 휘감아 돌고 도니
진도 씻김굿, 당골래 소복 춤춘다

예! 아짐, 아니 어머니!
가시는 길 편히 가시게
훤하게 잘 닦아 드릴께요

하직

문상 다녀오는 길
가로등 불빛 따라
그림자
하나
둘
셋
넷
말없이
따라오다
앞서간다

언제가
함께 걷던 골목길
접어드니
셋
둘
마지막
하나
사라진다
말동무 그림자
다시 볼 수 없다

훤한 달은
괜찮다며 웃는다

비몽사몽

제16회
지산면 7개 단체 체육대회
하늘에 구름 끼니
뙤약볕도 온종일 도망치니
이보다 좋은 날 없구려

선후배 간만에 한데 모여
토실토실 싱싱한 장어구이에
한 잔 두 잔
일순배 돌고도니
비몽사몽 꿈인지 생시인지
마냥 흥겨워 사철가 불러보네

이산 저산
꽃이 피니
·
·
·
거드렁거리고 놀아보세

앵콜 소리 안 들려도
이내 몸 취해 좋네

기우제

폭염에 성한 것이 하나 없더란께

풀, 이파리
희노랗게 말라지고
비틀비틀

서러운 곡소리들
저 먼 하늘까지 퍼졌나
칠월 보름달마저
훌쭉훌쭉

거북등 땅금 없애줘야
죽은 풀도 눈을 감지

실한 참깨 폴새 틀려
큰놈 작은놈 시바야
올핸 참지름 사 먹어라

딱 한 달 있으면
한가위 보름달 금방 올 텐데
또 홀쭉할까 걱정 태산

비야, 비야
이슬비도 좋으니
어여, 어여 오너라

무화과

만질 때면
말랑말랑
귀여운 아가손

화려한 꽃이 있어도
겉으로 절대 자랑질하지 않고
누군가를 위해 평생 참고 산다

마지막,
진정 사랑하는 이에게
입을 활짝 벌려
미지의 정열꽃
한없이, 뜨겁게 불사른다

이제
황홀한 노을
쏘옥 빨려든다

3부
꿈이로다

세한도의 집념

19세기 예산 출신
추사체 창시자
추사 김정희 선생의 세한도

20세기 진도 출신
소전체 창시자
소전 손재형 선생 있었기에
국보 180호 되었다네

태평양전쟁통에도
추사의 영혼을 되찾고자
바다 건너 물어물어
소장가 후지즈카에게
애걸복걸 반년이나 매달려
그의 집념에 반해서
선물로 받었다네

"선비가 아끼던 것을 값으로 따질 수 없으니
어떤 보상도 받지 않겠다. 대신 잘 보존만 해달라"

찬바람 치는 추운 시한에
소나무와 잣나무 그늘에
인기척 없는 집 쓸쓸하구나

푸르름은 그때나 지금이나
늘 고독한가 보다

벽파진 이충무공전첩비

혈세로 세워진 것 아니라 더 멋져 보이구나

먹고 살기 어려웠던 1956년 11월에
진도군민들 고쟁이 성금 한 푼 두 푼 모아
이충무공의 벽파해전, 명량대첩 기리고자
산더미 같은 넓적 바우 꼭대기 자체에
거북이 깎아 쓰다듬고
노산 이은상 선생 가슴 뭉클한 시를 그려
소전 손재형 선생 소전체로 수놓아
용비 11m 높이 세웠다네

민족 성웅 이순신 장군은 삼도수군통제사 명을 받고
정유년(1597년) 음력 8월 29일 벽파진에 당도해
16일간 머물며 우리 전선 12척으로 왜선 330척
수장 전략 골몰해 이레 동안 비바람을 맞아가며
승전 물때 기다렸다네
9월 7일, 벽파해전 왜선 13척 격파하고
9월 9일, 벽파바다 낯선 배 수상히 여겨
9월 15일, 우수영으로 진을 밤새 옮기어

9월 16일, 녹진~명량 울돌목 기적 이루었다네

지금도 진도 벽파진과 울돌목에는
이천구, 김수생, 김성진, 하수평, 박 헌,
박희령, 박후령, 박인복, 양응지, 양계원,
조 탁, 조응양, 조명신 등 13인 의사(義士)와
수많은 민초들의 넋이 호국의 신(神) 되어
우리 조선 살렸으니 진도민의 영원한 자랑이네
푸른 벽파바다, 어제 오늘 내일도 울돌목으로…

Byeokpajin Lee Sunshin

In our past there are some amazing stories.
In November of 1956, when life was hard
The citizens of Jindo scraped together donations bit by bit
in order to commemorate Lee Choong-mu-gong (General Lee Sun-Shin)' s Sea Battle of Byeokpa and the Battle of MyeongNyang
They chiseled a giant turtle on the peak of a mountainous boulder and on this turtle they carved No-San Lee Eunsang' s heartfelt poem.
So-jeon Son Jaehyeong erected an 11 meter tall tombstone.
The people' s Great Admiral Lee Sunshin received orders from the Navy Headquarters of three provinces.
So on August 29th of 1597, based on the lunar calendar,over the course of 16 days
Our 12 vessels over came Japan' s 330 vessels in an impressive show of strategy.
All the while our troops endured rain as they awaited victory.
On September 7th,13 Japanese vessels were destroyed in the Battle of Byeokpa.

On September 9th Lee Sunshin became suspicious of strange vessels on the Byeokpa Ocean.
So, on September 15th in the dark of night, he moved his forces to Woosooyeong.
Then, on September 16th, the miracle of Nokjin ~ Myeongnyang Wooldolmok took place.
(At Myeongnyang Wooldolmok, there are very strong currents that only the Korean soldiers knew about. They used this knowledge to defeat the Japanese Navy.)
Even now at Jindo' s Byeokpa-jin and Wooldol-mok
Lee Cheongu, Kim Susaeng, Kim Seongjin, Ha Supyeong, Park Heon, Park Heeryeong, Park Huryeong, Park Inbok, Yang, Eungji, Yang Gyea-won, Jo Tak, Jo Eung-yang, Jo Myeong-shin; these thirteen martyrs
have become like patriotic gods for the people of Korea
We are eternally grateful to the people of Jindo, for it was them who saved us.
Blue Byeokpa Ocean, yesterday, today, and tomorrow; to Wooldolmok···

꿈이로다

1947년생 진도출신 자운 곽의진 선생은
머리가 깨질 것 같은 신열과
끊임없이 솟아오르는 영감으로 화필 하나를 들고
19세기 문화의 중심부를 구름처럼 지나간
남종문인화의 큰 뿌리 예술가 소치(허유)의
묵향 예술 세계와 삶의 곡절을
'꿈이로다 화연일세' 소설로
정성껏 풀었다고 말씀하셨다네.
소설도 소설이지만 더욱 깜짝 놀란 것은
종잇장 곳곳마다 운림산방, 홍주, 구기자, 울돌목,
신비의 바닷길, 상여, 만가, 씻김굿,
대금산조 창시자 박종기, 진도낙조 등
진도의 보배들을 꿈처럼 빼곡히 다 그려 넣으셨다네.
이런 분은 일찍이 과거에도 미래에도
현재의 곽의진 한 분뿐이라고 세상에 알렸건만
2014년 5월 25일(음력 4월 27일) 68세 일기로
저 머나먼 남쪽 별나라로 여행 가셨다네.
떠나시기 직전 달 4 · 16 얼마나 충격이 크셨는지
어느 날 자운 선생은 내게

어린 꽃봉우리 단 한 송이 피울 수 있다면
내 죽어도 여한 없겠네 하시더니만…
전사 배중손 소설로
고려 진도인의 항몽 용장산성 전투
자긍심을 한껏 추켜올려주셨고
또 하나의 자존감 진도 벽파해전과 명량대첩을
특유의 감성적인 문체와 지성적인 표현의 문장으로
또 하나의 명작 탄생을 기대했건만…
책에 예쁘게 사인해 주신 기산심해氣山心海가
제게 주신 마지막 유언될 줄이야…
우리 의로운 진도인은
자운 당신을 영원히 기억하며
산과 같은 높은 기운, 바다와 같은 넓은 마음
'기산심해'를 가슴 깊이 담겠노라.

알껍다구

1월의 화투, 일본의 세시풍속 가도마쯔행사 소나무
숨어있네, 이제 확 버리세나
1월의 알껍다구, 진도 운림산방 소치 남종화 수양버들
사랑하세나

2월의 화투, 일본의 이바라키현 매화축제
숨어있네, 이제 버리세나
2월의 알껍다구, 보쌈 떡배추 진도봄동
사랑하세나

3월의 화투, 일본의 사쿠라꽃축제
숨어있네, 이제 버리세나
3월의 알껍다구, 삼복 찾아오는 진도참전복
사랑하세나

4월의 화투, 일본의 등나무 보라꽃축제
숨어있네, 이제 버리세나
4월의 알껍다구, 현대판 모세의 기적,
진도 신비의 바닷길 사랑하세나

5월의 화투, 붓꽃 감상하는 야츠하시(버팀목 목재다리)
숨어있네, 이제 버리세나
5월의 알껍다구, 한번 주인은 영원해요,
천연기념물 제53호 진도개 사랑하세나

6월의 화투, 일본화의 관례 모란과 나비
숨어있네, 이제 버리세나
6월의 알껍다구, 순국선열 호국보훈의 달
우리 무궁화 사랑하세나

7월의 화투, 싸리나무 숲 멧돼지 사냥철
숨어있네, 이제 버리세나
7월의 알껍다구, 찹쌀의 진미
진도 검정찹쌀 사랑하세나

8월의 화투, 오츠키미(달구경)의 계절 산, 보름달, 기러기
숨어있네, 이제 버리세나
8월의 알껍다구, 일몰의 황홀 절정 진도낙조,
기쁜 까치 사랑하세나

9월의 화투, 일본의 국화축제, 일왕가 상징하는 국화
숨어있네, 이제 버리세나
9월의 알껍다구, 불로장생의 명약 진도구기자
사랑하세나

10월의 화투, 단풍놀이 사슴 사냥
숨어있네, 이제 버리세나
10월의 알껍다구, 호국충정 명량 회오리
진도 울돌목 사랑하세나

11월의 화투, 막부의 쇼군 상징 오동잎, 봉황새의 머리
숨어있네, 이제 버리세나
11월의 알껍다구, 민속문화의 보고 진도씻김굿
사랑하세나

12월의 화투, 일본 최고 서예가 오노의 전설, 라쇼몬
숨어있네, 이제 버리세나
12월의 알껍다구, 한겨울에도 쑥쑥 자라는 진도대파
사랑하세나

진도홍주의 날 제정 취지문

진도홍주는 그 빛깔이 7월의 탄생석 루비와 닮았습니다. 선홍빛 보석 루비가 인내와 위엄, 무병장수를 상징하듯 진도홍주 역시 그 맛과 은은함의 깊이에서 단연 뛰어난 술로 꼽힙니다.

특히 첫사랑처럼 설레는 선홍빛깔과 은은한 맛의 진도홍주는 칠월칠석날 밤에 만나 뜨거운 사랑을 불태우는 견우직녀처럼 사랑하는 연인끼리 정답게 마시는 합환주의 의미도 담겨 있습니다.

그러기에 진도홍주는 고려시대로부터 이어온 민족적 전통주로서 일제강점기 때의 온갖 핍박에도 굴하지 않고 오늘날까지 대한민국 대표적 국민주로 자리매김하고 있습니다.

이와 같은 진도홍주의 빛깔과 맛과 정신을 기리기 위해 매년 7월7일을 '진도홍주의 날'로 정하는 바입니다.

진도홍주의 날 제정 취지문은 2009년 7월 7일 오후 7시 7분경 진도읍 향토문화회관 특설무대에서 개최된 "제1회 진도홍주의 날 제정기념 축하행사"에서 공표된 바 있다.

정情이지라

진도 밟은 그대는 진도인
고마운 당신 늘 그리워라

4부

도살사랑

껍다구 아빠

나는 홍단
형은 청단
엄마는 광光
아빠도 광
그치만
아빠는 미칠 광狂
우리 가족 웃는다

얼굴 후끈후끈

짜증

애야 부럽구나
합기도 피아노 영어 학원 다니구

아빤 학원깽이는 유치원도 없구
학교에서 건빵, 전지분유 배급받고
책보 싸들고 다녔단다

수업 끝나믄 허구헌 날
고추 담배 고구마밭 논바닥 일 거들고
어덩굴 당뫼에서 소랑 살았단다

인자 게임 그만하구
공부나 쫌 하그라

아빠! 정말,
그 시절엔 다들 그랬으니까 그랬죠
소나 사주세요
아파트에서 키울래요

19주년

부풀어 오른 하얀 드레스만큼
참사랑 꿈꾸며 출발했죠

일십구 년 살며 부푼 드레스
바람 쏘옥 빼버려 미안했죠

늘 붙어있는 연리지처럼
서로 믿고 서로 기대보죠

그날의 딴 딴딴딴 리듬 맞춰
예쁜 꿈 다시 키워보죠
여보 사랑해

지난 1997년 11월 9일(음 10. 10.)은 제 결혼식 날인데 때마침 19년만에 양 · 음력 날짜가 똑같은 결혼 19주년을 맞이하여, 시집 '무당거미' 의 발간일을 2016년 11월 9일(음 10. 10.)로 정했습니다. 1917 ~ 2016년까지 100년의 달력을 확인해 보니 1921. 11. 9(음 10. 10.), 1940. 11. 9.(음 10. 10.), 1959. 11. 9.(음 10. 9. ×), 1978. 11. 9.(음 10. 9. ×), 1997. 11. 9(음 10. 10.), 2016. 11. 9(음 10. 10.) 등 딱 4번 양 · 음력 날짜가 똑같은 아주 의미 깊은 날인 듯합니다.

움

햇님 웃는다
새로 돋아나는 움처럼
파릇파릇 피어나라
인생 채움이어라

무지개 웃는다
파란잎 낙엽 되는 움처럼
울긋불긋 내비춰라
인생 나눔이어라

달님 웃는다
가지만을 남겨버린 움처럼
나근나근 흔들어라
인생 비움이어라

도살풀이춤

액운 구름 날려주소서
허간 샅천* 새하얗게 정성 삶아
한 손 한 손 양손 휘감아 올리니
흉흉 살 때 칼칼 씻어내리네

행복 눈雪 가득하소서
빨랫줄 바지랑대 높이 쳐들어
흰 눈 샅천 신바람 타 날리니
촉촉 땀비 흠뻑 젖어버리네

샅천 | 기저귀의 전라도 방언 '살걸레'을 '샅천'으로 바꿈

나그네 꿀무화과

살짝 뽀개니
쪽 하려고 불타는 입술

나는 나는 어쩌노
뽀뽀 한 번 못한 숫총각

호기심 발동 더 뽀개니
사랑 언약해버린 하트

낭자! 내 한발 늦었구려
부디 행복하시오

포산 꿀무화과 한 입 물고
삼손 부채 흔드는 나그네

오늘 천둥번개

간간이
들려오는 우뢰발 천둥
어둠 뚫는 섬광빛 번개
차분히 빗줄기도 내린다

갑자기
쿵쾅쾅 쿵쾅쾅 쿵쾅쾅
회색 하늘 갈라지듯
빗줄기도 덩달아 굵어지며 퍼붓는다

우리의 욕심만으로
소중한 자연 훼손한 죄 부디 용서하여 주소서

특히 바다 막아 당장 땅만 넓히는
어리석은 인간들을 부디 가엾이 여겨 주소서

눈에 보이는 게 전부라고 단정짓는
미천한 이들을 부디 사랑하여 주소서

오늘처럼 불 같은 호통에도
천둥소리에 귀먹지 않고 번개 빛에 눈멀지 않게 하신
자비 베푸신 한없는 사랑에도
내일이면 금세 까먹는 이들을
우주 같은 마음으로 다시 한번 어루만져 주소서

타네

모닥불 활활 타니
흰소복 옷이 타네
영혼춤 물결 타니
조각배 파도 타네
세월도 바람 타니
인생도 구름 타네

으짜짜

사랑 떠났다고 슬퍼 말아라
인연의 끈이 짧았을 뿐이니까
또 다른 예쁜 사랑 찾아온단다
힘 내자 힘! 힘!
으짜라자짜 으짜짜

일 꼬였다고 울지 말아라
운 때가 안 맞은 것 뿐이니까
또 다른 좋은 일 찾아온단다
힘 내자 힘! 힘!
으짜라자짜 으짜짜

사랑 성공 좋다마는 건강 최고란다
설탕 마늘 좋다마는 소금 최고란다
으짜라자짜 으짜짜

도살 사랑

초가 집집마다
까만 똥돼지
꿀꿀꿀
잡는 날 백정같이
쇠망치 전담하니
천민 같아 챙피하네

깡보리밥 지쪽 당짱
단출한 밥상에다
육남매 괘기살점 주려는
아부지만의 도살 사랑이네

별나라 여행 전
미리 알았으면
굳은살 손바닥
꼭 어루만질 텐데

5부

참회기도

벌거숭이의 착각 · 1

지난 1994년 봄날 나른한 오후 2시, 내 나이 스물넷에 있었던 일이다. 평상시 두 군데 목욕탕을 이용하는데 그날은 단골로 다니던 광천동 무등 목욕탕으로 발걸음을 옮겼다. 1층 로비에서 목욕비를 계산하고 2층 계단을 터벅터벅 올라가 두툼한 유리문을 밀치고 들어갔다.

탈의실에서 옷을 하나, 둘 모두 다 벗고 옷장에 넣은 후 재떨이를 찾는데 평소 있던 자리에 왠일인지 안 보였고 다른 곳에도 없었다. “인자 장사 그만 할란가” 궁시렁거리며 하는 수 없이 두루마리 화장지로 대신했다.

욕탕 유리벽은 뿌연 수증기로 온통 가득차 잘 볼 수는 없었지만, 한 아빠가 세 살배기 딸 아이를 씻기고 있는 듯했다. 난생 처음 탕안에서 여아를 보았다. 요즘 귀여운 자기 딸을 남탕에 데려오는 바보 아빠도 있다니 “허허”웃었다.

벌거숭이의 착각 · 2

1980년대 초반 수도 꼭지도 볼 수 없었던 어릴 적에, 겉보리를 한창 타작할 무렵 밤하늘의 별들을 보면서 엄마손을 잡고 개울가로 멱감으러 가곤했다. 아짐들은 가슴 훤히 다 내보이고 나이롱 치마만을 걸치고 있었다. 출렁이는 젖가슴에 흘러가는 냇물을 바가지로 허빡 떠붓으며 "아이고, 시원해라"하며 양 가슴을 문지를 때 얼굴이 후끈 달아올랐다. 민망할까봐 애써 못 본 척하며 고개를 돌렸던 옛추억이 아스란히 스쳤다. 한참 만에 탕문을 밀치며 쑥 들어갔다. 곧바로 조금리 읍장날 냉동 탑차에서 내린 합고짝 동태가 됐다. 열댓 명의 아줌마들은 힘차게 가슴과 아래쪽을 양손으로 동시에 문지르며 홍당무가 돼 얼어있는 벌거숭이를 뚫어지게 응시했다. 빤닥빤닥 빛나는 눈동자들은 창경원의 원숭이를 신나게 구경하고 있는데 아가씨로 보이는 한 여자만은 "어억"소리를 질렀다. 멍 때렸다. 불과 그 몇 초가 몇 시간처럼 느껴졌다.

벌거숭이의 착각 · 3

벌거숭이 동태는 “여탕이요”하며 뒷통수를 순간 긁적거리며 재빨리 뒤돌아서 나가려는데 발은 이미 꽁꽁 얼어붙어 있었다. “지옥이 따로 있는 게 아니야”, ”아차, 남탕은 3층 이었지” 땅바닥을 치며 울고 싶었다. 지옥의 문을 겨우 빠져나와 허탈하게 속옷을 주워 입고 있는데, 출입문을 불쑥 열고 들어오던 어떤 여자는 남탕에 잘못 들어온 줄 알고 후다닥 나가버렸다. 대충 아랫도리만 걸치고 3층 진짜 남탕으로 착잡한 발걸음을 옮겼다. 목욕을 끝마치고 학교로 터벅터벅 걸어오는데, 골목길은 마치 구름 위에 떠있는 듯했다. 6층 열람실에서 책을 펴 보는데 한 글자도 눈에 안 들어왔다. 들뜬 마음은 도무지 꽁당꽁당 수그러들지 않았다.

벌거숭이의 착각 · 4

사실 시는 신문사 신춘문예나 잡지에 등단한 극소수 시인들만의 전유물로 생각했다. 하지만 여탕에 엉뚱하게 들어갔던 이 혼란스런 대사건은 나와 같은 어리석음을 다시는 범하지 않도록 꼭 남기고 싶었다. 시간이 지나면 잊어버릴까, 방금 전 여탕에서 겪었던 황당한 일을 무작정 써보았다.

〈여탕속의 그 남자〉
욕탕 안으로 쑥 들어섰지

열댓 명의 여자들은 때를 바삐 밀어대며
마치 창경원의 원숭이를 쳐다보는데
한 아가씨만 "어억" 소리를 내지르며
양 가슴팍을 얼른 감싸네

얼굴 확 빨개진 벌거숭이 동태는
"여탕이요" 뒷통수만 순간 긁적이네

탈의실에서 망연자실 속옷을 입는데

여탕으로 제대로 들어오던 어떤 여자는
남탕인 줄 알고 후다닥 나가버리네

그날 이후 여탕에 대한 막연한 환상은 완전히 사라졌다. 지금도 여탕 글자만 봐도 오금이 저려온다.

"세상 남자들이여! 여탕은 생지옥이었소…"

태풍 루사 · 1

지난 2002년 8월말 살모사 같은 태풍 루사가 천지를 휩쓸고 다녔다. 거센 회오리 비바람에 진도 바다도 견디지 못하고 어쩔 수 없이 온팍 뒤집혔다. 옛날 지주식 김 양식으로 이름난 갯벌들은 대단위 간척지로 탈바꿈돼 진도 검정쌀의 주산지가 됐다. 바닷가 옆 방조제가 있는 소포, 대응포, 앵무, 보전지구 커다란 바둑판 간척지에도 여지없이 짠물이 비 오듯 쉴 새 없이 퍼붓었다. 이제 막 피어오른 풋풋한 벼 이삭들은 하얗게, 까맣게 쪼그라들며 푸른 빛을 포기하고 말았다. 특히 그 해 소포만 배수갑문에는 시멘트골조 구조물에 일부 균열이 발생하여 짜디짠 바닷물까지 담수호 안으로 밀려 들어왔다. 급기야 이 농업용수는 염도가 매우 높아져 영농에 부적합했는지 못자리도 몇 번씩나 타 죽어서 새로 못자리를 한 다음, 울화통이 터진 농민들은 관할 농촌공사를 상대로 염해피해 소송까지 진행하였다. 다행히 6월 중순경, 하늘에서 내린 단비로 운 좋게 모내기를 끝마쳤다. 하지만 엎친 데 덮친 격으로 초대형 태풍 루사는 염해 피해지역을 관통했다.

태풍 루사 · 2

태풍에 따른 농경지 피해 조사는 태풍이 소멸한 시점에서 일주일 만에 면 서기들이 긴급 추계조사로 긴급 집계하여, 군 재해대책상황실에 수시 보고하고 도청 및 중앙대책본부상황실로 최종 전송돼 전국 피해상황도 언론 · 방송을 통해 보도되는 체계였다. 하지만 벼 흑 · 백수 피해는 태풍이 지나가버린 스무날 이후 더 심각하게 발생하였고 시점 변화에 따른 피해율 산정은 반영되지 않아 뜨거운 이슈로 부상했다. 쌀농사를 짓는 농가들 입장에서는 한해 나락 수확량 및 농지 임대료와 직접 관련되는 당사자이므로 논 필지별 피해율에 아주 민감한 반응을 보였다.

"당초 피해 조사를 무시하고 현 시점에서 재조사해야 한다"며 여기 저기서 상당히 안 좋은 조짐이 보였다. 특히 추석 하루 전날, 피해율 팔십프로 이상 농가들에 대한 이재민 구호를 위한 추석 위로금이 긴급 지원되면서 면 전체 주민들이 술렁거리기 시작하였다.

태풍 루사 · 3

드디어 추석 명절을 쇠고 간척지 논을 벌고 있는 농가들 150여명이 집단 항의 방문하여 면사무소는 개청 이후 처음으로 아수라장이 돼버렸다. 추석 위로금을 받지 못한 농가들은 현 시점에서 피해 상황을 확인하고 재조사가 필요하다고 강력하게 주장하였다. 이 논은 왜 30%냐, 저 논은 왜 50%냐, 이 아무개 논은 80%로 해줘서 위로금 몇 백만 원을 받았는지 농협 분소 앞에서 잘도 세고 있더라. 왜 우리 논은 70%로 조사해서 단돈 십 원짜리 하나 못 받게 했냐며 마구 호통을 쳤다. 어르신들! 이 태풍 피해 조사는 당시 시점하고 현 시점하고는 엄연히 다르다고 위로금은 못 받지만 나중에 보상금도 지급된다고 목이 마르게 항변하고 있었다. 갑자기 누군가가 "이 조사는 엉망진창이야, 무효야"하며 "저 놈, 잡아라"버럭 소리쳤다. 그리고 열댓 명이 한꺼번에 우르르 밀려왔다. 순간 양치기 소년이 돼버렸다. 땀에 젖은 반팔 라운드 티셔츠는 찌익하고 찢겨져 나갔다.

태풍 루사 · 4

이대로 있다가는 공무원을 떠나 자존감 하나로 여지껏 살아왔는데 일 순간 다 무너질 것 같았다. 나도 모르게 끄트머리 조금 남은 옷깃을 마저 찢어버리고 걸레된 윗옷을 날리니 상체는 맨몸뚱아리가 되었다. 하늘 향해 양손 쭈욱 뻗었다. 오늘따라 가을 하늘은 유난히 파랬다. "면서기는 신이 아니요"하며 울먹이는 목소리로 "이 조사는 하느님의 할압씨도 못해요"하며 목청껏 외쳤다. 격분한 농가들은 "면서기 느그들이 다 책임져라" 윽박지르고 메아리는 뇌리를 마구마구 후려쳤다. 만약 등뒤에 십자가 있다면 양손 묶이고 태풍 피해조사의 모든 책임을 다 짊어지고 못 박히고 참회하고 싶었다. 농가들의 원성은 날이 갈수록 점점 커져나갔다. 얼마 후 태풍 피해조사 담당자를 포함해 면장, 계장 4명 등 총 6명은 다른 읍면으로 뿔뿔히 좌천되었다. 지방직 공무원을 하면서 다른 데도 아닌 어린 시절 추억이 깃든 고향면에서 불명예스럽게 쫓겨나니 푸른 하늘이 정말 까맣게 보였다.

태풍 루사 · 5

인근 면사무소로 발령 받고서도 태풍 피해조사와 관련해 피해보상금관련 업무가 마무리 되지 않아 몸도 마음도 자유로울 수 없었다. 피해보상금 지급 때문에 골머리를 앓고 있는 후임자를 석 달간 틈틈이 도와서 그해 연말까지 최종적으로 미결 업무를 모두 마무리 해주었다. 이후 삼 년간 다른 면과 군청에서 떠돌면서 고향에서 버림 받은 낙인 때문에 어딜 가도 전전긍긍 불편하고 일도 손에 안 잡혔다. 누구의 잘잘못을 떠나 루사 태풍피해 조사에 대한 참회를 결심하고 2006년도에 고향 면사무소로 자원 발령을 받았다. 그동안 닫힌 마음을 활짝 열고 대민봉사 행정을 몸소 실천하면 다소나마 주민들과의 친밀감이 생길까 내심 기대도 했다.

태풍 루사 · 6

다시 고향 면으로 첫 출근을 했지만, 여전히 반겨주는 주민들은 한 분도 없었다. "태풍 또 왔어야"하는 소문이 나돌고, 여기 저기서 수군거리는 소리가 귓가를 쉴 새 없이 비웃음으로 맴도는 듯했다. 오직 나만이 얽히고 설켜있는 실타래의 매듭을 한가닥씩 풀어헤쳐나갈 수 밖에 없었다. 마침 보건 · 환경 업무를 맡고 있어 여름철 모기 퇴치 방역소독을 직접 하기로 했다. 미화요원 한 분과 함께 석달 간 36개 전체 마을을 순회 방역하였다. 연막소독기로 온 마을을 새하얗게 색칠하며 온통 감싸 안으니 "주민들은 모기 없는 오늘 밤을 보내시겠지"하며 조금이나마 속죄하는 기분이 들었다. 하지만 이렇다고 주민들의 마음이 눈 녹듯 술술 풀어질 리 만무했다. 여전히 사무실에서 쳐다보지도 않는 주민들의 눈초리까지 무서웠다. 그렇다고 구차한 변명도 하기 싫었다. 그러던 차에 마을 이장들과 직원 부부 동반 하계 친목대회가 있어서, 홍주를 한 잔, 두 잔 얼큰하게 걸치며 흥겨운 춤마당이 한창 벌어졌다.

태풍 루사 · 7

평소 잘 나서지 않는 성격이었지만 오늘은 태풍 루사 살풀이 춤이라도 한 번 맘껏 추고 싶었다. 북장구 장단 소리에 어깨와 발이 조금씩 들썩이고 있는데 음식 나르는 차판이 눈에 쏙 들어왔다. 이 세상 아무도 내 마음을 모르겠지만 차판을 흰천 삼아 살풀이춤으로 참회의 눈물을 흘렸다.

〈차판 살풀이춤〉
머리 위로 둥실둥실
가랭이 사이 덩실덩실
햇빛 반사 반짝반짝
루사 조사 참회 눈물
넘실넘실 출렁출렁
일천 농민
너그러이 용서해 주소서
차판 흰천 삼아
한 발 땅에 딛고
손끝 하늘 향해
살풀이 춤을 추네

한 손으로 차판 들어 하늘로 휘감아 올리고 또 올리고 땅으로 곱게 내려 씻고 다시 씻겨 수백 번 춤을 추니 온 몸은 땀으로 흠뻑 젖었다. 지난날의 잘못을 차판에 모두 담아 파도 넘실대는 보전 뒷개에 싸악 버리니 무거웠던 몸이 정말 날아갈 듯 가뿐해졌다. 죄는 미워하시고 다시 한번 사랑해 주시길 간절히 바랬다. 오늘도 바다는 말없이 출렁인다.

6부
녹슨냉장고

녹슨 냉장고 · 1

2014년 4월 15일 밤 10시경
진도읍 가마골 동쪽 까끔 위로
별 하나 없이 혼자 외롭게 떠있는 달을 보았다
축축한 구름 사이로 둥근 달님은
오늘따라 왠일인지는 모르지만
눈물 뚝뚝뚝 흘리며 무지 울고 있는 듯했다
왜 그럴까? 정말 답답하였다

몇 달째 통화를 못했던
서울에 사는 지인에게 오랜만에 전화를 드렸다
형! 지금 달님이 엄청 우는 듯해서
갑자기 형이 떠올라 전화했어요
별일 없지라 이런저런 대화를 나눴다

그리고 집에 돌아와 보니
식탁 위에 놓여 있는 과자봉지를
두툼한 여행용 가방에 차곡차곡 챙기는
집사람과 작은애를 보았다
달디단 캔디 한 개 먹을 욕심에

미리 한나 맛을 보면 안 되겠냐? 했더니만
아빠, 밤 늦게 과자 드시면 몸에 안 좋죠
제가, 내일 제주도로 2박 3일 수학여행을 가는데
뭣 없으세요?
잘 안 웃던 미소까지 지어 보였다

응, 드려야제, 아빠가 특별히 용돈 삼만 냥 줄 테니까
하루에 만 냥씩 쓰고 잘 놀다 오니라
내일 일찍 배를 탈려면
오늘은 일찍하니 자거라 하고
나도 곧바로 잠이 들었다

녹슨 냉장고 · 2

다음 날 4월 16일
아침해도 변함없이 산마루 위로 방긋 웃으며 나왔다
나도 여느 날처럼 다람쥐 쳇바퀴 돌듯
출근해 컴퓨터를 켜고 일을 보고 있었다

갑자기 동료 여직원이 불러댄다
핸드폰을 막 닫고는 빨갛게 상기된 얼굴로 쳐다본다
혹시 작은애가 진도중 2학년 아니세요 ?
오늘 제주로 수학여행 갔죠
지금 읍내 목욕탕에서는 아줌마들이 목욕하다 말고
학교로 전화 걸고 난리 났대요

왜? 하며 깜짝 놀라 물으니
저도 방금 들었는데요
오늘 수학여행 가는 학생들을 싣고 떠난
진도여객선이 방금 조도면 동거차도 근방 바다에
침몰하고 있대요
진도가 무슨 여객선이 있어?
시큰둥하게 물었더니 고개를 갸웃했다

제가 TV 얼른 켜 볼게요
재빨리 리모콘을 찾아
사무실 벽에 걸린 TV를 확 켰다

녹슨 냉장고 · 3

난 갑자기 멍해졌다.
해남 우수영에서 떠난 배가
얼추 그 시간대에 그 정도 갔겠고
진도 여객선이라니 내 머리카락들은
일제히 빳빳히 서 버렸다
이 일을 어쩐다냐
고향 지산면 세포마을에서
낚싯배를 갖고 있는 친구 녀석에게
전화를 걸어 당장 현장으로 급히 달려가
내 아이를 내 손으로 구해야겠다는 생각만 들었다
뉴스 속보는 아주 긴박하고 다급했다
푸른 바다에 떠 있는 커다란 배는
비스듬히 옆으로 누워 있었다.
TV 화면 하단부에 자막 한 줄이 빠르게 흐르고 있었다
안산 단원고 수학여행…
순간 빳빳해져던 머리카락은 다시 제자리로…

아침 해가 창창한 오전 시간 때이고,
배가 엄청나게 크니까

구조선이 도착해 그 배랑 연결해 묶어 두면
침몰도 지연되고
그 사이에 전원 다 구조되리라 나름 판단을 했었다
사람들 목숨만 다 구하면 대성공이지
TV 앞에서 안절부절 서성거렸다
바지 주머니 속에 핸드폰 진동이 거칠게 울어댔다
그래도 불안한 마음에 떨리는 손으로 받았더니
여보! 진도중 학생들은 아니라네요
아주 짧은 시간에 생지옥에 몇 번씩이나 들어갔다
막바로 천당에 나온 기분이 들었다

녹슨 냉장고 · 4

속보는 계속되고 출렁이는 파도를 맞서
조도면 진도아리랑호, 양식용 선외기,
낚시배 등의 구조 장면도
매우 급박하게 보였는데
전원 구조될 것이라 뉴스에 그나마 한숨을 놓았다
정말 다행이구나,
맑은 푸른 하늘을 바라보며 감사한 마음을 올렸다

하지만, 시간은 흘러 흘러 꽤 흘러가도
구조된 인원수는 삼분의 일 가량이고
5층 높이의 큰 여객선에 몇 명이나 승선했는지
선체 밖으로 못 빠져나온 인원수는 몇 명인지도
정확히 모른다는
뉴스 보도는 한심하기 그지없어 보였다
중앙 긴급대책본부의 발표도 오락가락 해 버려
마치 점점 짙어 가는 안개 회오리속 블랙홀로
아주 깊숙이 빠져들고 있는 듯했다

그 당시 내가 근무했던 지산면사무소는

임회면 팽목항까지 불과 25여분 거리에 있어
답답한 나머지, 현장으로 차를 쌩쌩 몰고 나가 보았다.
벌써 방송사 취재차량 수십 대와
수많은 사람들 북적거렸고
조도면 서거차도로 1차 구조됐던 승객들이
서진도농협 여객선 배로 옮겨 타서
팽목항에 뱃머리를 대고 구조 승객들은
차례차례 조심스레 나오는데
각자 담요를 걸치고 있었다

모두 다 배 밖으로 나와 많은 어선들에 구조돼
이 섬 저 섬 많은 섬에 뿔뿔이 흩어져 있기를
간절히 기도했다.
그러나 구조된 승객은
두세 차례 열댓 명씩 들어오더니만
그 이후 아무도 영영 돌아오지 않았다

녹슨 냉장고 · 5

다음날부터 나는 석 달 보름 동안 팽목항 인근에
설치된 유류품 보관소로 배치되어
24시간 철야 근무를 하였다
이 보관소 컨테이너는
임시 안치소 바로 옆에 불쌍하게 늘 서 있었고
세월호 선체 위로 떠오른 승객들의 소지품과
배 비품 등을 해경 · 해군에서 수집해 우리쪽으로
인계인수 절차를 걸쳐 보관 · 관리하는 곳이었다
연일 전 방송사에서 수백 차례나 보도됐던
진도 여객선은 며칠이 지나서야
진도군의 항의 요청에 따라 겨우 세월호 여객선으로
바뀌는 어처구니 없는 일(항공사 비행기가 진도로 추락
하면 진도항공기?)도 벌어졌다
이제 구조 인원수도 172명으로 완전 멈춰 버리고
실종자수 304명은 단 한 명의 생존자도 없이
비참하게도 연일 3~5명의 사망자수는
최종 295명으로 바뀌어 버렸고
실종자 9명은 아직도 미수습자로 남아 있다
임시 안치소는 설움에 북받친 가족들의 한맺힌

눈물 통곡소리에 잿빛 여름 하늘을 찔러
눈물비가 하염없이 흘렀고 내 가슴도
갈기갈기 찢어졌다 이곳은 바로 생지옥이었다
왜 빠른 헬기는 환자 몇 명의 수송에
요란스레 매달리고 정작 많은 승객을 구조할 수 있는
특수대원을 단 한 명도 급파하지 못했을까?
해상사고는 배로만 해결하려 했던가?
상식적으로 도저히 이해할 수 없었다.
그 급박한 상황에서 영화처럼
몇 대의 헬기를 동원해 침몰하는 선체 반대편에서
로프로 여객선을 묶어 지탱하면서 일사분란하게
구조작전을 펼쳤더라면 전원 살렸을 것을
침몰 직전 마지막 보이는 선체 꼬랑지에서
구조원 한 명이 철기시대 짜구 같은 걸로
따당따당했던 최후의 모습은
우리 구조상황의 현주소를 여실하게 보여줘
신경질 나고 참담하였다
내가 신이 아닌 게 후회스러웠다
하느님이었으면 내 손으로 전부 다 구했을 것을…

녹슨 냉장고 · 6

인천을 출발해 제주도로 가기 위해 세월호에 탔던 그 수많은 사람과 어린 학생들이 마지막 입었던 빛바랜 구명의가 보관소로 차곡차곡 피눈물로 쌓여 갔다. 모두 다 제조연월은 '1994' 라고 하얗게 찍혀 있었다

단원고 2학년 학생들의 나이보다 3살이나 더 많은 만 20세의 구명의가 갑자기 빨간 수의로 보였다. 그 순간, 북받쳤던 그 서런 감정을, 진도에 살고 있는 진도인으로서 반드시 기록으로 남겨둬야 할 책무감이 들어 급히 메모장에 숨가쁘게 적었다

〈사랑해요 엄마아빠〉
여러분 기다리세요
구명조끼 입으시고 선실 안에 있으면 안전하니
기다려요 기다려요 기다려요 한없이 메아리쳤어요
양치기 소년 벌써 어른 돼 악마호의 저승사자 된 줄
정말 꿈에도 몰랐어요
전 바보 바보였나봐요
딱 두 번까지만 믿고 속고 세 번째는

절대 안 속았어야 했는데
4 · 16 새아침
금빛 햇님도 우릴 엄청 반겼었는데
은빛 파도도 밤새 지쳐 자고 있었는데
저보다 세 살이나 더 많이 먹은
연빨간 스무 살 구명의가 수의 될 줄 누가 알았겠어요.
죄송해요, 용서해요, 어릴 적 양치기 소년
이솝우화 수백 번씩 읽어 주셨는데,
제가 깜박 잊고 살았나봐요
이제 눈물 거두세요, 엄마아빠 씩씩해야죠
저는 우리 2학년 수많은 친구들이랑
흰 파도 돼 세계 여행 떠났어요
엄마아빠, 바람 일면 언제든 달려갈께요.
오늘처럼 비 부르르 스르르 떨며 오는 날이면
우산 쓰지 마세요
엄마아빠의 품속에 쏘옥 들어갈께요
사랑해요, 엄마아빠!

녹슨 냉장고 · 7

근무한 지 석 달이 지나고 백 일째 되던 날
보관소로 녹슨 냉장고 하나가 들어왔다
그것을 보는 순간 흰 냉장고가 아닌 수많은 사람들의
백골로 느껴졌다
또 다시 내 눈 언저리가 축축해졌다
다시 한번 메모장을 꺼내들었다

〈녹슨 냉장고〉

저 쇳덩이 맹골수도孟骨水道 백여 일
거친 물결에 망가지고 녹슬었네
내새끼 몸둥아리 주검되어
살점 다 해져 백골만 떠돌겠네
어찌하리 어찌하리 어찌하리
내 몸 죽어 니 살 수만 있다면
백 번 천 번 바닷물에 내던질 것을
미안하다 미안하다. 내 할 수 있는 일
팽목彭木 바닷물만 멍하니 바라볼 뿐
이 세상 원망하여라
저세상 극락 가서 이제 행복하려무나
날 안 만났으면 이런 생지옥 없었을 것을…

녹슨 냉장고 · 8

요즘 별나라 우주 여행도
수시로 간다는데
배 인양 그게 뭣이 어려운지
감감 무소식이니 서글프다

진도 실내체육관에서 팽목항까지
흐드러지게 폈던 벚꽃 잎들도
벌써 두 해나 피고 지고
노랗게 물든 낙엽마저 다 떨어지고 있다

2015년 10월 16일 오늘도 역시
우리가 사는 지구의 바닷물은 계속해서 쓰고 드는데
진도섬 시계만은 2014년 4월 16일(음력 3월 16일)에
여전히 멈춰 있는 듯하다

하늘이여! 바다여! 구름이여! 파도여!
여지껏 구천九泉을 떠도는 304명
이들의 영혼을 굽어 살펴주소서…

Rusted Refrigerator · 1

On April 15th, 2014 at around 10:00 PM,
In the eastern side of Jindo' s Gamagol Village,
with not a star in the sky, I spied the lonely moon hanging above
Betwixt the low hanging clouds, O' spherical moon
We can' t know what will happen today
Tears streamed down, I was crying for no reason.
What was that feeling? It was so oppressive.
The friend in Seoul whom I couldn' t call for several months called me out of the blue.
My friend! It seems as though the moon is truly crying today.
Suddenly I thought of you and I called.
Talking of nothing important, just exchanging pleasant conversation.
And upon returning home my wife and youngest child,
with a massive, carefully packed travel bag, spied the candy wrapper I had left on the table.
And when I asked 'Is it so wrong to try just one
in my craving for something sweet?'

My child replied 'Dad, you know eating candy late at night isn' t good for you.'
Dad, you know I' m going to Jeju Island for 3 days and 2 nights, aren' t you forgetting something?
And flashed me a rare smile.
'Yeah, and you' d better get me something, since I' m gonna give you 30 dollars for pocket money.'
10 dollars a day to play on till you come back home.
Since you' re gonna being taking the boat early tomorrow morning,
You' d better get to bed early tonight
And I went straight to bed as well.

Rusted Refrigerator · 2

The day after the 16th of April.
The unchanging morning sun came grinning up over the mountain ridge.
And I as well, just as any other day, was running about like a hamster in a wheel.
Upon arriving at work, I turned on my computer and began my work.
Suddenly one of my female coworkers shouted out
She snapped her phone closed, her face flushed as she shouted
Isn' t your youngest a sophomore at Jindo High School?
Didn' t she go to Jeju Island today on her school trip?
Right now all of the mom' s down at the spa are talking
They got some phone call from the school and are freaking out.
I asked "Why?" anxiously.
I just heard it a moment ago.
This morning the sophomores showered and departed
But just a moment ago a ferry from Jindo started to sink off

of Dong-geocha Island in Jodo County.

'Which ferry from Jindo?'

I asked, emotionlessly, but she just shook her head.

"I' ll turn on the news."

"Hurry, find the remote."

And the TV on the wall of the office snapped on.

Rusted Refrigerator · 3

I was suddenly in a daze.
Around the same time the boat from Haenam
WooSooyoung was out in the ocean.
Upon hearing "The ferry from Jindo" all of my hair stood on end.
Was this just by chance?
I made a call to a friend in Jisan who ran a fishing boat in Saepo village
and rushed to the scene.
The only thought I had was that I needed to save my child with my own hands.
The News said the situation was critical.
That massive boat was tilted and laying on its side out in the clear blue ocean.
The captions at the bottom of the TV screen were swiftly streaming by
AnSan Danwon High School
My momentarily uplifted hair fell back into place.
It was the time of morning where the sun was bright and

because the boat was so big
the rescue boats arrived and had to try to keep the ferry from sinking.
In the mean-time rescuers were determined to save all of the passengers.
If we could just have saved the passengers it would have been a great victory.
I paced frantically in front of the TV.
Suddenly my phone, deep in my pants pocket, rang loudly.
I answered with an uneasy mind and shaking hands.
Honey! They say it' s not the kids from Jindo Middle School!
For a few minutes I had been in hell.
But then was lifted up to heaven.

Rusted Refrigerator · 4

The new kept rushing in and the waves kept crashing
The Jindo Arirang Ferry, hailing out of Jindo, model unknown; rescue efforts being made by nearby fishing boats.
The situation looked grim but they thought they could save all the passengers. All of us left out a sigh of relief.
It was such good news; looking at the clear blue sky, I was grateful.
But, time kept running on, and on, and on, but still
only about a third of the passengers had been rescued.
How many people might be on this massive 5 story ferry?
In addition, it was impossible to know how many people had failed to get out of the boat.
The News coverage made it look impossibly bleak.
The Central Center for Emergency' s Announcements just went back and forth.
As if we were being sucked into the furthest recesses of
a raging black hole hidden within a gathering fog
It only takes a little over 25 minutes to get from the JisanMyeon Office

where I used to work to Imhoe City' s Paengmok Harbor.
I raced over to the scene; all of the time in the car was oppressive.
Already dozens of reports were on scene along with a huge crowd of on-lookers
The survivors were being taken to Jodo county' s Seogeocha Island.
Riding on the Seojindo Nonghyeop Ferry
The bow pulling into Paengmok Harbor and the survivors
Filling cautiously one by one out of the boat, each wrapped in a blanket.
We all hoped that all of the passengers who made it outside of the ferry itself would be picked up by local fishing boats and dropped off at one of the many islands in the area.
But the survivors showed up in twos and threes, no more than a dozen at a time
And after that, no one was ever brought back.

Rusted Refrigerator · 5

From the day after it happened for about 100 days, I was in the area
around Paengmok Harbor working 24-7 at the newly set up Artifacts Archive.
The archive containers were sitting right next to that sad final resting place
As the belongings of the Saewol Ferry Passengers along with pieces of the boat were pulled out of the water the Marines would collect them and bring them to us
Our facility was the place they were being cared for and stored.
The broadcast companies were continually broadcasting about the ferry. Asking how many days would have to pass before the citizens of Jindo' s demands
regarding information about why this had happened and what would be done about it
were met.
At that point, only 172 people had been saved.
Out of the remaining 304 missing persons only a few more

were ever rescued;

meaning that in the end 295 people were lost.

Even now 9 bodies have never been found.

At this, their place of rest, at the sound of their families' mourning tears

the grey summer sky is pierced as rain like tear drops flows down vacantly

And my heart too, is torn to pieces.

This place is truly hell on earth.

Why, when there were so many victims crying to be rescued, couldn' t

helicopters and the special forces

rush in to save even just one more?

Did they think that since it was an accident at sea they should only use boats?

There is no sensible way to understand their actions.

Just like in the movies, helicopters could have used ropes to pull that sinking ship up out of the water.

And as they held it afloat if only the rescue crews had spread out more,

and if at the brink of the boat going under, one of the rescuers had stood on the end of the boat

and like someone out of the bronze age, beat the hull,

then it would have more perfectly displayed our desire to save them.

I regret that I am not a god.

If I had been a god, I would have scooped them all up in my hand···.

Rusted Refrigerator · 6

All of the many students and people who took Saewol Ferry from Incheon to Jeju Island
The last things they wore faded and neatly piled in the archives through our tears and blood.
Every last one stamped with the date 1994 in white.
The rescuers, many only 3 years older than the Danwon High School Sophomores
willingly went. That moment, that rush of anguish
will forever be written in the hearts of the citizens of Jindo
like a frantically written memo of our responsibility..
I love you, Mom and Dad
Everyone, please wait.
Please put on your life vest and wait safely in your rooms.
Wait. Wait. Wait. An endless echo.
The children quickly become adults and suffer things they could never dream of, this ferry has become like the grim reaper.
I' m nuts. I must have been nuts.
To be tricked two times is one thing, but I should not have

allowed myself to be tricked the third time.
April 16th, a new morning.
The golden sun greeted us,
the silver waves had slept all through the night,
Who would have known that the rescuers would be 20 year olds, no more than 3 years older than me?
I' m sorry, I forgive you. You used to read us Aesop' s Fables over and over again, but it seems that I' ve forgotten them all.
Please don' t cry, Mom, Dad, you' ve got to be brave.
Me and all of my sophomore friends will become waves and travel the world.
Mom, Dad, if I become the wind, I' ll always run to you.
So on blustery rainy days like today
don' t use an umbrella.
I' ll climb right into your hearts, Mom and Dad.
I love you, Mom and Dad.

Rusted Refrigerator · 7

It' d been about three months since I' d started working.
When they brought a rusted refrigerator to the archive.
As I looked at it,
Suddenly, it was not a white refrigerator, but the skeletons of hundreds of people.
Yet again, my eyes got misty.
And again, I pulled out a notebook.
Rusted Refrigerator
That hunk of metal' s took a watery road of bones for almost a hundred days.
As it passed through the waves it rusted and ruined.
My child' s body becomes a cadaver.
The flesh rots away leaving only bones.
What can be done? What can be done? What can be done?
Even if my body dies if only you could live
one hundred, a thousand times flinging things into the ocean.
I' m sorry, so sorry. All I can do
is stare vacantly across the waters of Paengmok ocean.
Resent this world.

Instead, go to the afterlife, where you can be happy.

Had you never met me, this living hell would not exist

Rusted Refrigerator · 8

In these days, when people frequently go to space
How was it so difficult to recover a boat?
It' s been so long since I' ve been this sad.
From the Jindo city recreation center to Paengmok Harbor
The cherry blossoms are in full bloom
They' ve already blossomed and are fading.
Now they' re turning yellow and falling to the ground.
Even today, October 16th 2015
the ocean keeps on pounding away on this earth we live in.
But the island of Jindo seems to have stood still
since that day, April 16th 2014.
Sky! Ocean! Clouds! Waves!
You must bear witness to those 304 people, now roaming the heavens

이종호시집
무당거미

1판 1쇄 인쇄 2016년 10월 31일
1판 1쇄 발행 2016년 11월 9일

지은이 | 이종호
펴낸이 | 정용철
펴낸곳 | 도서출판 북산
주소 | 135-840 서울시 강남구 역삼로 67길 20, 201호
등록 | 2010년 3월 10일 제206-92-49907호
전화 | 02-2267-7695 팩스 | 02-558-7695
홈페이지 | www.glmachum.com 이메일 | booksan25@naver.com

ISBN 979-11-85769-05-9 03810

* 잘못 만들어진 책은 구입하신 서점에서 바꾸어 드립니다.
* 책값은 표지 뒷면에 표시되어 있습니다.